Mi primera mirada a
Las formas

CHANHASSEN, MINNESOTA • LONDRES

Publicado por Two-Can Publishing
una división de Creative Publishing international, Inc.
18705 Lake Drive East
Chanhassen, MN 55317
1-800-328-3895
www.two-canpublishing.com

© Two-Can Publishing 2004

Idea, diseño y edición de Picthall & Gunzi Ltd
21A Widmore Road, Bromley, Kent BR1 1RW, U.K

Concepto original: Chez Picthall
Editora: Lauren Robertson
Diseñador: Dominic Zwemmer
Fotografía: Steve Gorton
Otras fotografías: Daniel Pangbourne
DTP: Tony Cutting, Ray Bryant
Diseño de tapa: Paul Calver
Traductora: Susana Pasternac
Consultores de lenguaje: Alicia Fontán y Straight Line Editorial Development, Inc.

Library of Congress Cataloging-in-Publication data: pending

ISBN 1–58728-424-3 (HC)
ISBN 1-58728-431-6 (SC)

1 2 3 4 5 6 09 08 07 06 05 04

Impreso en Hong Kong

Mi primera mirada a
Las formas

Christiane Gunzi

CHANHASSEN, MINNESOTA • LONDRES

Círculos

pelota de ping pong

yoyó

cuentas

canicas

pastelillo

pelota de playa

ovillo de lana

¿De qué color es el yoyó?

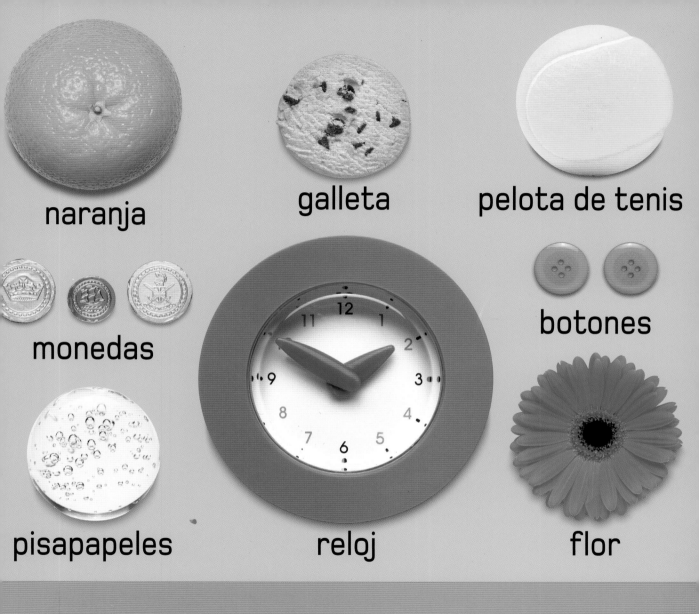

naranja

galleta

pelota de tenis

monedas

botones

pisapapeles

reloj

flor

¿Cuántas pelotas ves?

Triángulos

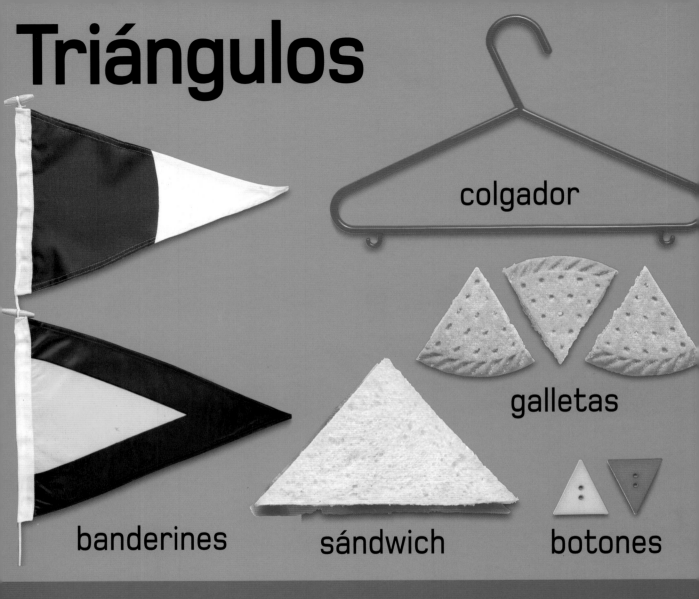

colgador

galletas

banderines

sándwich

botones

¿Cuántos banderines ves?

queso

pastel

abanico

triángulo

sombrerito de fiesta

galleta

chocolates

¿Hay algo que te puedes poner?

Cuadrados

caja

libro

azulejo

dibujos

muñeco sorpresa

¿Qué ves en el azulejo?

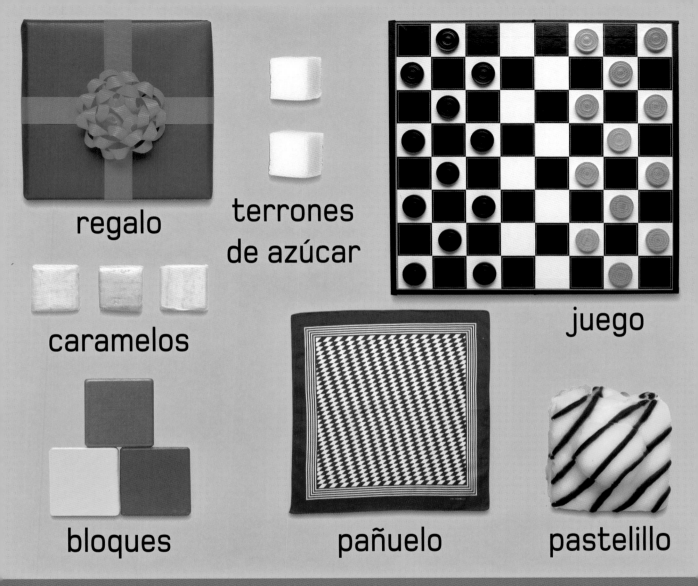

regalo

terrones
de azúcar

juego

caramelos

bloques

pañuelo

pastelillo

¿Cuántos pastelillos hay?

Rectángulos

broche

sobre

marcador

estuche de lápices

hebilla

caja de zapatos

¿Ves algo plateado?

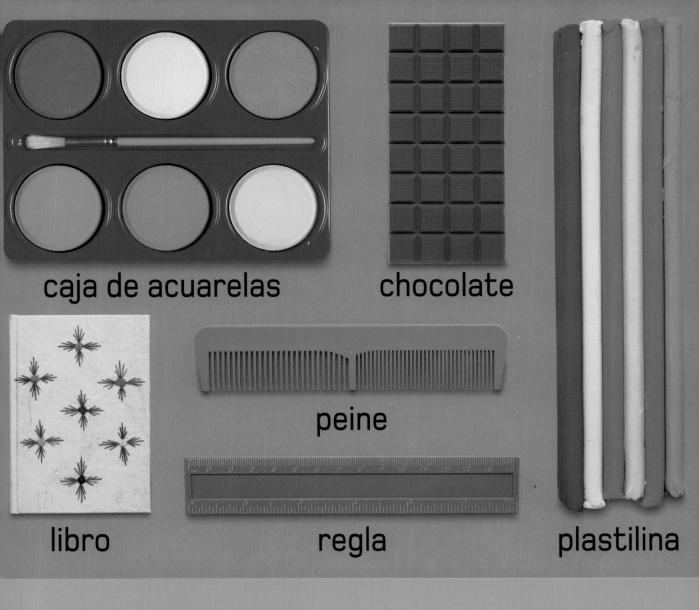

caja de acuarelas

chocolate

libro

peine

regla

plastilina

¿De qué color son las acuarelas?

Rombos

insignia

caramelos

tablitas

caja

calcomanías

¿Puedes contar las tablitas?

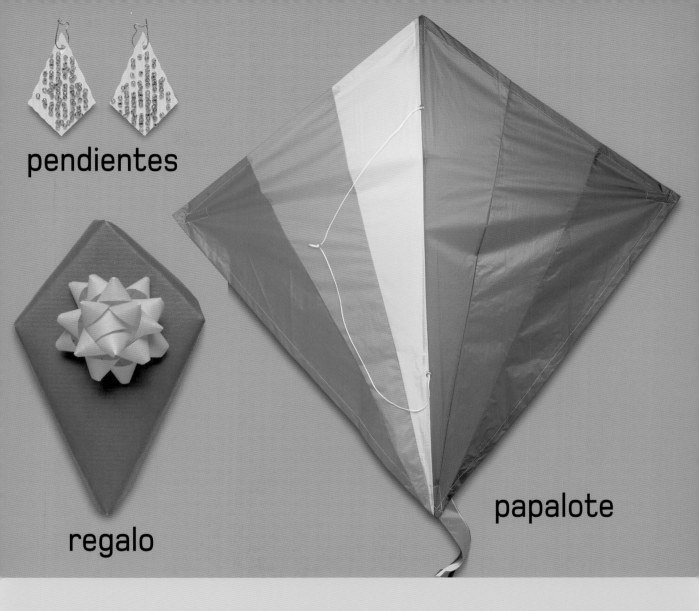

pendientes

regalo

papalote

¿Qué colores ves en el papalote?

Estrellas

lirio

galleta

calcomanías

adorno

estrella de mar

vela

¿Puedes contar los pétalos del lirio?

insignia

varita mágica

estrellitas
luminosas

fruta

llavero

¿Cuántas estrellas puedes contar?

Óvalos

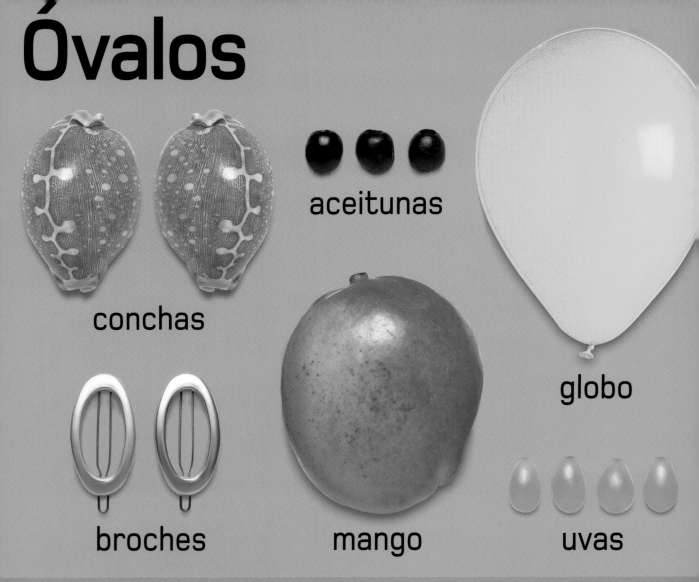

conchas

aceitunas

globo

broches

mango

uvas

¿Puedes contar las cosas doradas?

frijoles

marco

piedritas

uevo de chocolate   sandía   huevo

¿Ves algo que se puede comer?

Aros

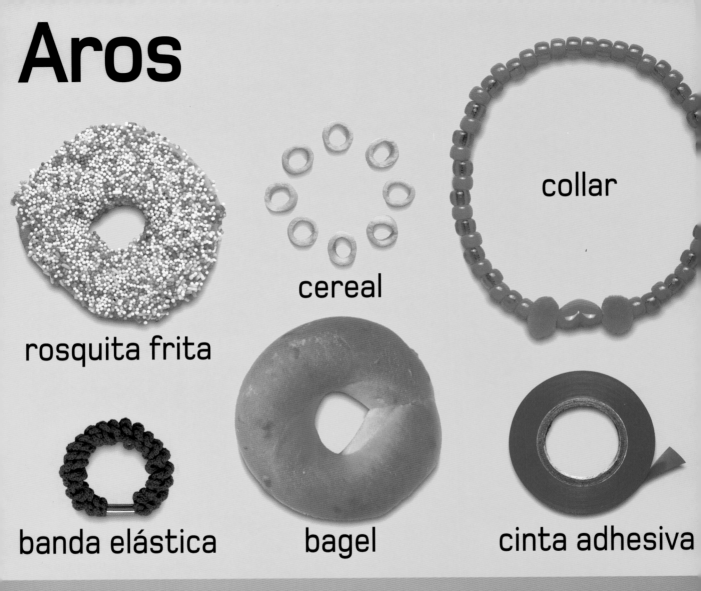

rosquita frita

cereal

collar

banda elástica

bagel

cinta adhesiva

¿Con qué cosa puedes tocar música?

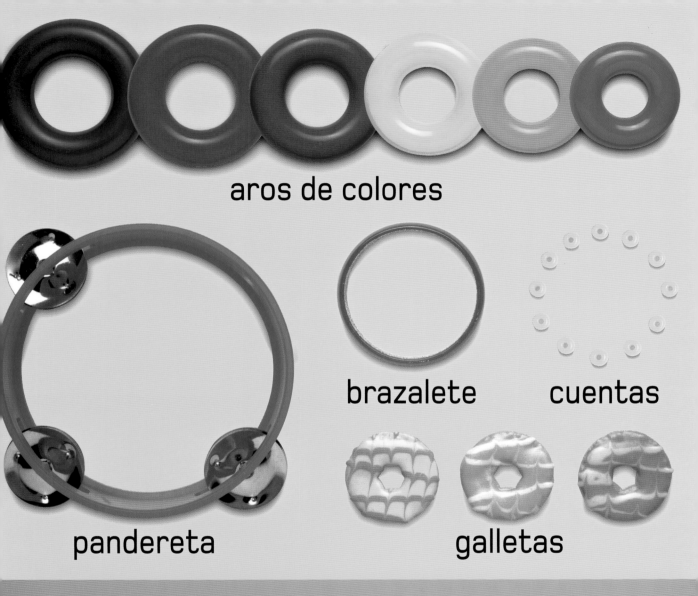

aros de colores

brazalete

cuentas

pandereta

galletas

¿Puedes contar los aros de colores?

Corazones

calcomanías

jabón

bombones

llavero

adornitos

estuche

anteojos de sol

¿Qué usas para lavarte?

chocolate

galleta

botones

bolso

molde

caja

¿Te gusta el chocolate?

Espirales

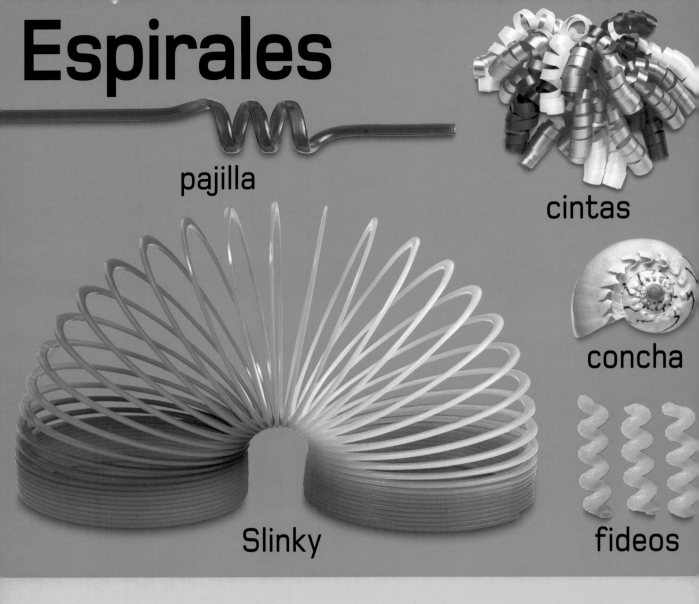

pajilla

cintas

concha

Slinky

fideos

¿Te gusta comer fideos?

Zigzag

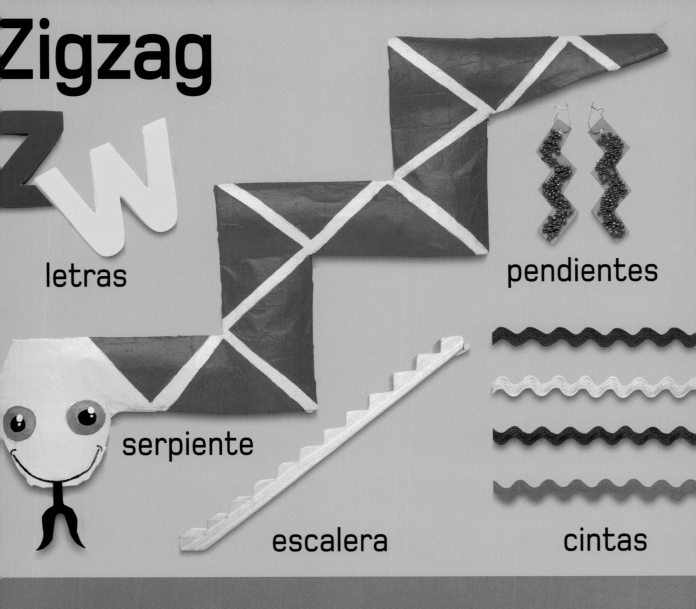

letras

pendientes

serpiente

escalera

cintas

¿Qué colores ves en la serpiente?

¿De qué forma?

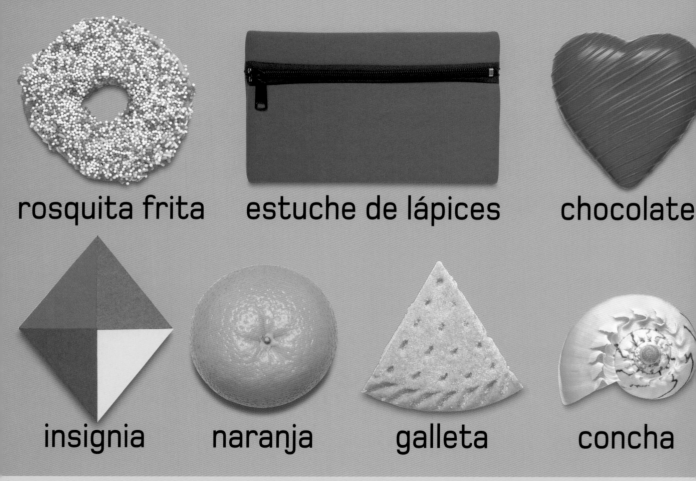

rosquita frita

estuche de lápices

chocolate

insignia

naranja

galleta

concha

¿Qué formas ves?